CATALOGUE

DE

BEAUX OBJETS D'ART

Armes européennes et orientales

Anciennes Porcelaines de Sèvres, Saxe et autres

MAGNIFIQUE VASQUE D'URBINO

Faïences françaises, Émaux de Limoges

DEUX SUPERBES MINIATURES, SCÈNES DE LA HENRIADE

provenant de la Galerie du Prince de Condé, ayant été offertes au roi Louis XVI

Bijoux anciens et modernes, Boîtes, Bonbonnières, Étuis

Argenterie, Miniatures, Fers, Cuivres

BEAUX BRONZES D'ART ET D'AMEUBLEMENT

Sculptures, Meubles et Tentures

TABLEAUX ANCIENS

ŒUVRES INTÉRESSANTES DE

Boilly, Boissieu, Greuze, De Marne, Gérard de Lairesse, Pierre de Hooghe, Mieris
Cuyp, Laguerre, Van Os, Ruisch, Decker, Gonzalès Coques

Tableaux et Aquarelles modernes

Gravures — Livres — Manuscrits birmans

DONT LA VENTE AURA LIEU

HOTEL DROUOT, SALLE N° 5

Les Lundi 3, Mardi 4 et Mercredi 5 Décembre 1888

A 2 HEURES

Me ESCRIBE	M. A. BLOCHE
COMMISSAIRE-PRISEUR	EXPERT
6, rue de Hanovre, 6	23, rue Chauchat, 23

Chez lesquels se trouve le présent Catalogue

EXPOSITION PUBLIQUE

Le Dimanche 2 Décembre 1888

DE 1 HEURE 1/2 A 5 HEURES

CONDITIONS DE LA VENTE

Elle sera faite *expressément* au comptant.

Les Acquéreurs payeront CINQ POUR CENT en sus des adjudications, applicables aux frais de la vente.

L'Exposition mettant les acquéreurs à même de se rendre compte de l'état et de la nature des objets, il ne sera admis aucune réclamation une fois l'adjudication prononcée.

Paris. — Imp. de l'Art, E. MÉNARD et Cie, 41, rue de la Victoire.

TABLEAUX

Désignation

BOILLY

1 — *Houdon modelant le buste de Napoléon Ier.*

L'artiste est représenté debout, en costume d'atelier, devant sa selle. Portrait des plus ressemblants. Touche vigoureuse. Le tableau est intéressant par le nom de son auteur et les personnages qu'il représente.

Provient de la collection Burat.

BOILLY

2 — *La Partie de musique.*

Dans une chambre à coucher grand style Louis XVI, toute une famille, composée de huit personnages, s'adonne au plaisir d'une répétition de musique d'ensemble. Les femmes, en élégants costumes de l'époque, les hommes en perruques poudrées, et les enfants, prenant leurs ébats au milieu du concert, donnent à ce tableau un charme indiscutable de composition.

Provient de la collection Lafaulotte, n° 443 du Catalogue.

BOISSIEU

3 — *Portrait d'homme.*

CHALLE

4 — *Tombeau allégorique de Marie-Antoinette.*

La reine est représentée couchée, soutenue par Minerve; la Sagesse, tenant une couronne et une colombe, est agenouillée et élève avec compassion ses regards vers la reine. Au pied du tombeau, le comte de Provence est profondément prosterné, cachant sa tête dans ses mains; sa sœur, Madame Adélaïde, debout près de lui, pleure abondamment, et la Dauphine, les mains jointes, témoigne de sa grande douleur. Le sol est jonché de couronnes et de fleurs.

Tableau intéressant.

CHARDIN

5 — *Jeune Garçon faisant des bulles de savon.*

CHARDIN

6 — *Jardinière, brosses, pipe, flacon et autres objets, sur une table.*

Signé à gauche

COQUES

(GONZALÈS)

7 — *La Reine Henriette d'Angleterre à White Hall.*

Représentée debout, en riche costume de satin jaune d'or, parée de joyaux, tenant un éventail de plumes à la main, et suivie de sa servante, en robe rouge.

CUYP

(ALBERT)

8 — *La Gardeuse de vaches.*

Sur une éminence de terrain, la vachère, coiffée d'un grand chapeau, en robe bleue à corsage rouge, surveille son troupeau dispersé. A gauche, dans le lointain, on voit un berger et des moutons.

Touche délicate.

DECKER

9 — *Les Bords de l'Escaut.*

Au premier plan, un paysan cause avec une femme devant la porte de sa maison d'aspect absolument rustique; plus loin, des moulins et autres habitations; sur le quai, on aperçoit des charrettes et des paysans. Des barques sont amarrées au rivage, et en perspective, sillonnant le fleuve, quantité de bateaux.

Touche puissante.

Signé dans le bas, à droite, et daté 1653.

VAN DYCK

10 — *Portrait du sculpteur Van Cleefs.*

FORTUNY

11 — *Les Divertissements champêtres.*

Au milieu d'un charmant paysage, arrosé par une rivière, sont groupés, causant galamment ou se disposant à s'embarquer, des gentilshommes et des grandes dames en élégants costumes Louis XV.

Fort belle esquisse, que tout nous autorise à attribuer au maître.

GREUZE

12 — *La Chasseresse.*

La tête tournée de trois quarts, chevelure blonde retenue par des rubans rouges. Le corsage décolleté, avec peau de tigre négligemment jetée sur les épaules.

Par sa belle facture, ce tableau a toujours été classé, et avec raison, parmi les œuvres les plus vigoureuses et les plus charmantes du maître.

Date de sa meilleure époque.

Dans un superbe cadre en bois sculpté et doré, dessin merveilleux à rocailles fleuronnées se détachant en haut-relief et parties ajourées.

GREUZE

13 — *Scène du déluge.*

Composition de nombreuses figures admirablement groupées et d'une expression touchante.

Nous attribuons cette œuvre à la première manière du maître.

HONTHORST

(GÉRARD)

14 — *Portrait de dame en costume Moyen-Age, tenant un vase d'or à la main.*

Cadre en bois sculpté.

HOOGHE

(PIETER DE)

15 — *La Famille du capitaine.*

Dans une chambre d'aspect fort humble, le capitaine assis, le verre en main, regarde avec une profonde tendresse son petit garçon, que la mère tient debout sur une table. Devant, la petite fille joue avec un chien. Au second plan, à droite, un vieux compagnon d'armes est assis ; il observe la scène de famille en souriant. Sur la table est posé le chapeau du capitaine. Au fond, sur un meuble, sont disposés des flacons et des fioles.

Belle qualité. Teinte blonde.

Signé à droite en toutes lettres.

HUET

16 — *Scène champêtre.*

ISABEY

17 — *La Curée.*

Composition de nombreuses figures.

Jolie aquarelle.

LAGUERRE

(Mlle)

18 — *Intérieur d'atelier du peintre.*

Mlle Laguerre, assise devant son chevalet, en robe blanche décolletée, coiffure à boucles retenues par des rubans bleus, remet à sa servante, qui se tient debout près d'elle, un bol sur un plateau. A ses côtés, assis dans une grande bergère, son jeune frère dessine. Sur les tables, les encoignures et bahuts, quantité de flacons, de fioles, vases de fleurs.

LAGUERRE

(Mlle)

19 — *La Répétition de musique.*

Une jeune femme en élégant costume de l'époque, tenant une guitare à la main, assise devant une table couverte d'un tapis rouge, cause avec un jeune homme debout, qui tient son violon et son archet dans la main gauche. Une autre jeune femme, penchée et accoudée sur la table, les écoute.

Pendant du précédent.

LAIRESSE

(GÉRARD DE)

20 — *Allégorie au Triomphe de l'Hyménée, en l'honneur du mariage de Guillaume-Henri, duc de Nassau, Stathouder, avec Marie Stuart, fille de Jacques II, roi de la Grande-Bretagne.*

Dans l'intérieur d'un palais orné de statues, le prince présente son sceptre à sa jeune et royale fiancée assise près du trône, les yeux baissés, les mains sur la poitrine. L'Amour, qui se tient debout à ses côtés, pose une couronne de perles sur sa tête. Une servante à genoux répand des fleurs à ses pieds ; un chérubin apporte une torchère d'autel ; d'autres tiennent le manteau du prince et regardent un amour qui apparoit entre les colonnades, soulevant la tenture de l'autel, où brûle l'encens.

Ce tableau, d'une belle facture, s'impose par la grâce de la composition, la finesse de touche et l'harmonie du coloris.

LAWRENCE

(SIR THOMAS)

21 — *Portrait du roi Georges d'Angleterre.*

Représenté debout, en costume de cour, la tête tournée de trois quarts, la main droite appuyée sur une console, où est posée la couronne royale.

VAN LOO

(L. M.)

22 — *Portrait de gentilhomme en armure.*

DE MARNE

23 — *L'Hiver.*

Des deux côtés d'un canal s'élèvent des maisons couvertes de neige. Au premier plan, à gauche, un grand traineau, tiré par un cheval et poussé par un homme, remonte du canal sur la rive. A droite, un dragon descendu de cheval cause avec un vieillard qui pousse un chariot rempli de provisions. Un autre personnage ajuste ses patins. Au milieu du canal, on voit de nombreuses figures, hommes et femmes, en traîneaux ou patinant. Les routes qui longent le canal sont animées de troupeaux et de bergers. Une femme sort d'une maison, portant de l'eau. On aperçoit la forge d'un maréchal ferrant. Devant la porte, un homme, tenant un cheval en main, s'y est arrêté. Sur le balcon de la maison, une vieille femme est penchée. D'autres personnages gagnent un pont qui relie les deux rives.

Œuvre d'une grande finesse et intéressante par l'animation que le peintre y a répandue.

MIÉRIS

(VAN)

24 — *Le Gentilhomme amoureux.*

Représenté aux genoux d'une grande dame, en riche costume de satin blanc très décolleté, dont il enlace la taille et écoute les aveux pleins de tendresse qu'elle lui fait, en plongeant ses yeux dans les siens et en lui caressant le menton.

Très bel effet de lumière par clair-obscur.

PETER NEEF ET TÉNIERS

25 — *Le Baptême.*

Dans la cathédrale d'Anvers, une famille de grands seigneurs forme cortège à la marraine portant l'enfant, précédée de jeunes garçons tenant des torches allumées et d'une petite fille portant les burettes à l'huile sainte. Le prélat marche devant, recevant les hommages d'un gentilhomme, père de l'enfant. Deux mendiants sont assis à terre. D'autres personnages circulent dans l'église.

VAN OS

(JEAN)

26 — *Fleurs et Fruits.*

Autour d'un vase de marbre orné de sculptures à figures d'enfants, se détachent des roses, des œillets, des pavots, des soucis et autres fleurs, des grappes de raisin, des pêches, des pommes, des noix et un nid d'oiseaux avec trois petits œufs dedans. Sur les feuillages et les fleurs perlent des gouttes de rosée. Au fond, on aperçoit un palais.

Par la beauté du coloris, la finesse de touche qui caractérise ce tableau, il peut être classé parmi les plus remarquables du peintre.

Signé à droite, en bas, *J. Van Os fecit.*

PATEL

27 — *Paysage avec ruines et monuments, animé de figure.*

Gouache. Signée et datée 1690.

RIGAUD

(H.)

28 — *Portrait d'actrice en péplum.*

Cadre en bois sculpté.

RUISCH

29 — *Vase avec superbe bouquet de fleurs de toutes sortes.*

Quelques-unes sont éparses sur une console, un papillon et autres insectes volent autour du bouquet.

Œuvre remarquable signée en bas, à gauche.

TAUNAY

30 — *Don Quichotte poussant une charge sur un troupeau de moutons qui fuit en désordre.*

Des paysans et une paysanne, à l'ombre d'un bouquet d'arbres, se lèvent pour s'interposer. Sancho, tenant son âne par la bride, regarde la scène en riant.

ZORG

31 — *Intérieur rustique.*

Assis de chaque côté d'une table avec leur enfant près d'eux, un paysan et une paysanne rient. Au milieu de la pièce sont amoncelés des chaudrons, barils et pichets de coloris bruns et gris bien réveillés, et éclairés par les tons de cuivre.

Belle qualité.

Signé du monogramme, à gauche.

ÉCOLE FRANÇAISE

(XVIIIe SIÈCLE)

32 — *Portrait de dame de qualité en costume Marie-Antoinette.*

Corsage décolleté, coiffure haute à la poudre, avec bonnet en soie coquettement chiffonnée enguirlandée de roses.

Cadre du temps en bois sculpté.

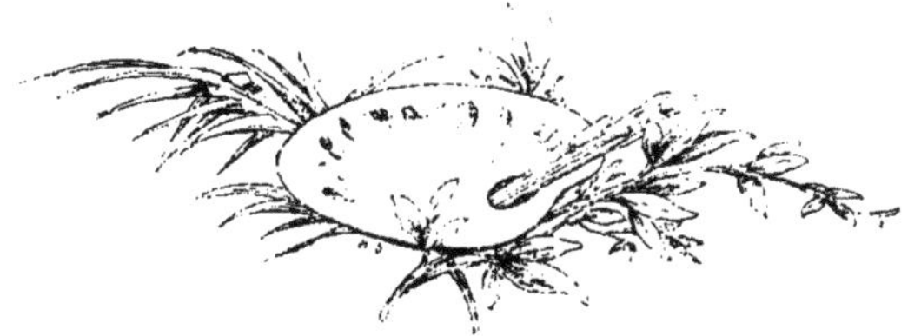

OBJETS D'ART

ET

D'AMEUBLEMENT

2

Désignation des Objets

MEUBLES, TENTURES

33 — Deux belles décorations de croisées, composées de quatre grands rideaux en satin bleu, avec applications de satin de Chine crème, richement brodés à fleurs et branchages, garnis de jolies passementeries assorties et avec lambrequins dans le même goût, accompagnés d'embrasses en velours noir brodé. 526

34 — Deux paires de portières avec lambrequins en satin bleu et brocart rouge, à dessin polychrome broché, garnis de belles passementeries avec embrasses assorties.

35 — Portière en satin bleu uni.

36 — Tenture murale en satin bleu uni, mesurant environ 35 mètres.

37 — Belle cantonnière en satin bleu, ornée de superbes broderies, dessin dans le goût de Bérain, garnie de franges et de passementeries assorties.

38 — Dessus de cheminée, à lambrequin assorti.

39 — Bel ameublement de salon Louis XVI en bois sculpté et doré, couvert en satin crème, brodé de bouquets de fleurs détachés et d'insectes, composé de quatre fauteuils et deux chaises.

40 — Coffre de mariage en bois sculpté. Travail français de la Renaissance.

41 — Meuble-vitrine à trois portes, en bois d'acajou orné de cuivre. Style Louis XVI.

42 — Table à ouvrage, forme rognon, en marqueterie.

43 — Petit canapé en bois sculpté et doré, couvert en soie bleue brochée à fleurs. Époque Louis XV.

44 — Écran en bois sculpté Louis XVI, avec panneau, peinture de Leclerc des Gobelins : *la Déclaration*.

ARMES

45 — Très jolie carabine à rouet du XVIe siècle, bois incrusté d'ivoire, platine, sous-garde, canon et batterie en fer très finement ciselé, dessin à mascarons, figures de chérubins, animaux courant dans des arabesques, sur fond d'or. En bel état de conservation.

46 — Deux pistolets avec canons, platine et crosses en fer, ornés de fines damasquinures d'or et d'argent. XVIe siècle.

47 — Très belle épée de cour, à lame fine en fer bleui, rehaussé d'or et de gravure près du talon. Poignée et garde en acier poli, ornées de jolis rocailles, de corbeilles de fleurs et de fruits, de figures d'enfants en incrustations d'or et d'argent. Fourreau avec garniture dans le même goût. Époque Louis XV.

48 — Grande épée à deux mains, avec poignée garnie de cuir à torsades saillantes. Pommeau en fer et faceté, quillon quadrangulaire s'élargissant jusqu'à l'extrémité. Lame plate avec arêtes saillantes près du talon. XVIe siècle.

49 — Belle épée à lame longue, portant au talon la signature *Caino*. Poignée avec garde à triple branche et pommeau en fer, orné de fines incrustations d'or et d'argent. XVIe siècle.

50 — Belle épée à lame longue et fine, avec inscription dans la gouttière. Poignée à triple branche, quillons droits et pommeau richement incrustés d'argent, dessin à arabesques. XVIe siècle.

51 — Belle épée à lame longue et fine, avec inscription dans la gouttière et double cachet au talon. Garde à triple branche contournée ; pommeau faceté, quillons droits. XVIe siècle.

52 — Très jolie épée à lame longue et fine, avec gouttière à inscription, ornée de lions et de fleurs de lis au talon. Poignée à fuseau tors ; garde à quadruple branche contournée, pommeau cannelé. XVIe siècle.

53 — Très belle épée à lame plate, avec garde à triple branche, se détachant du talon et se ralliant, à la hauteur des quillons de forme contournée seulement aux extrémités. Pommeau faceté ; le tout enrichi de très fine damasquinure d'or : dessin à bandes multiples d'arabesques. XVIe siècle.

54 — Épée à lame longue et très fine, garde à corbeille lobée, divisée par compartiments offrant à jour des arabesques se terminant en têtes fabuleuses. Pommeau à ornements, quillons droits et tors. XVIIe siècle.

55 — Épée de cour à lame quadrangulaire gravée. Poignée ciselée et ajourée, rehaussée d'or, avec fourreau monté dans le même goût. Époque Louis XVI.

56 — Main gauche en fer uni avec cachet au talon, garde ornée d'un mascaron et de cachets; quillons recourbés; armée de deux dents en forme de scie. XVIe siècle.

57 — Trompette de fête ornée d'un écusson en brocart d'or et d'argent, dessin curieux à personnages: animaux courant et vue de ville. XVIe siècle.

58 — Fusil de rempart, bois orné d'incrustations d'ivoire, dessin à sujet de chasse, batterie à rouet, canon incrusté d'argent. XVIIe siècle.

59 — Fusil avec batterie à pierre, bois sculpté, dessin à figures et enroulements. XVIIe siècle.

60 — Tromblon, batterie à pierre, platine et sous-garde en fer poli, orné de mascarons. Bois incrusté. XVIIe siècle.

61 — Poudrière ronde en bois incrusté d'ivoire, avec médaillon en fer ciselé au centre. XVIe siècle.

62 — Grand fusil oriental avec garniture en argent niellé, enrichi de pierreries. XVIIe siècle.

63 — Épée espagnole du XVIe siècle, avec garde en fer ajourée et gravée.

64 — Main gauche espagnole, avec garde en fer du XVIe siècle.

65 — Sabre ancien oriental, avec fourreau en argent repoussé.

66 — Très beau sabre de rajah, lame de Damas, richement damasquinée d'or, avec poignée en fer, garnie d'étoffe à l'intérieur; fourreau en velours bleu. XVIe siècle.

67 — Beau poignard à lame de Damas, avec poignée en jade blanc finement sculpté, offrant dans ses parties en relief des teintes brunes, ornée d'incrustations d'agate orientale, de sardoine, d'onyx et de rubis cabochons. Pièce précieuse comme travail de l'Extrême-Orient ancien.

68 — Beau sabre de chef indien, à lame de Damas ornée de damasquinure d'or, avec poignée gravée à petits dessins sur fond doré. XVIe siècle.

69 — Canjarrhe indien en fer incrusté d'or, à lame quadrangulaire plate à arêtes saillantes au talon et s'élargissant vers l'extrémité. XVIe siècle.

70 — Poignard persan, à lame courbe de Damas, manche en ivoire sculpté, offrant de nombreuses figures et des inscriptions en bas-relief. Travail ancien.

71 — Cravache du roi de Delhi, en argent, enrichie de turquoise. Travail ancien.

72 — Sabre ancien oriental, à très belle lame courbe de Damas, portant la signature en incrustations d'or d'un des célèbres effileurs de lames. Avec poignée en ivoire garnie en fer incrusté d'or. Fourreau en velours vert.

73 — Sabre ancien oriental, à lame courbe de Damas, avec poignée en morse ; monture en fer damasquiné d'or. Fourreau en velours vert.

FAIENCES

74 — Grande et superbe vasque trilobée en faïence d'Urbino, élevée sur piédouche à griffes de lion. A l'intérieur, le décor représente un paysage s'étendant à perte de vue, traversé par un fleuve au milieu duquel se meuvent de nombreux pêcheurs à la ligne, au filet et à l'épervier, les uns dans des barques, les autres debout dans l'eau jusqu'à mi-corps. A l'extérieur, le décor représente des paysages au bord de la mer. Entre chaque lobe se détachent des anses à jour, formées de têtes fabuleuses se rattachant à la coupe par des enroulements. Sous les bords extérieurs, le monogramme des *Patanazzi*. Pièce importante, d'un bel émail et d'un bon dessin.

75 — Coupe côtelée, sur piédouche, en faïence d'Urbino, représentant le Jugement de Pâris. XVIe siècle.

76 — Plat oblong de Moustiers, décor bleu, d'après Bérain.

77 — Quatre petits plats de différentes formes de Moustiers, décor bleu.

78 — Deux grands seaux de Moustiers, décor à personnages et animaux dans des paysages en polychrome.

79 — Deux soupières rondes de Moustiers, sur pieds à griffes de lions, ornées de mascarons en relief, décor à dessin très fin en bleu.

80 — Cinq tasses avec soucoupes de Moustiers, décor en jaune et vert, à personnages et animaux.

81 — Cinq saucières de Moustiers, décor très fin en bleu.

82 — Quatre belles aiguières de Moustiers, décor à médaillons, sujets mythologiques, guirlandes de fleurs et bouquets détachés en polychrome.

83 — Aiguière de Moustiers, décor à fleurs en jaune d'ocre.

84 — Deux plats à barbe de Moustiers, décor d'après Callot, en jaune d'ocre.

85 — Deux petits seaux de Moustiers, décor à guirlandes en polychrome.

86 — Écuelle de Moustiers, décor à personnages, d'après Callot, en jaune d'ocre.

87 — Écuelle de Moustiers, décor à fleurs en vert et jaune.

88 — Petit plateau de Moustiers, décor polychrome à médaillon et guirlandes.

89 — Plateau octogone de Moustiers, décor bleu d'après Bérain.

90 — Huit assiettes de Strasbourg, décor au coq.

PORCELAINES DE SÈVRES

ET AUTRES

91 — Très joli solitaire en ancienne porcelaine de Sèvres, pâte tendre, fond bleu de roi, avec médaillons à volatiles dans des paysages, encadrements à rehauts d'or, composé d'un plateau, un sucrier, un pot à crème et une tasse avec soucoupe. Provient de la collection Lafaulotte, n° 542.

92 — Grande et belle tasse trembleuse avec soucoupe en ancienne porcelaine de Sèvres, pâte tendre, décor fond vert à rehauts d'or, avec ornements et guirlandes de fleurs réservés sur fond blanc. Provient de la collection Lafaulotte, n° 578.

93 — Grande et belle tasse avec soucoupe en ancienne porcelaine de Sèvres, pâte tendre, fond gros bleu à œils-de-perdrix en rehauts d'or ; médaillons à paysages avec figures. Provient de la collection Lafaulotte, n° 557.

94 — Jolie petite tasse avec soucoupe en ancienne porcelaine de Sèvres, pâte tendre, fond gros bleu, avec médaillon : amour, en camaïeu rose, rocailles et branchages fleuris à rehauts d'or.

95 — Tasse avec soucoupe en vieux Sèvres, pâte tendre, décor bleu turquoise, médaillon bouquet de fleurs, encadrements à rehauts d'or. Provient de la collection Lafaulotte, n° 560.

96 — Tasse et soucoupe en vieux Vincennes, décor gros bleu, médaillon à oiseau, encadrement rehaussé d'or.

97 — Tasse avec soucoupe en vieux Sèvres, pâte tendre, décor à bandes gros bleu rehaussées d'or et bandes blanches à guirlandes de fleurs.

98 — Tasse et soucoupe en vieux Sèvres, pâte tendre, décor à roses détachées et arabesques.

99 — Tasse et soucoupe en vieux Sèvres, pâte tendre, fond d'or, dessin truité bleu, avec médaillon bouquet de roses. Provient de la collection Lafaulotte, n° 575.

100 — Tasse et soucoupe en ancienne porcelaine de Sèvres, pâte tendre, fond gros bleu pointillé d'or, guirlandes de fleurs réservées sur fond blanc.

101 — Petit seau en vieux Vincennes, pâte tendre, décor bleu lapis et médaillon à oiseau, avec encadrement à rehauts d'or.

102 — Tasse trembleuse avec soucoupe et couvercle en vieux Sèvres, pâte tendre, décor à bandes fond brun rehaussé d'or, et bandes blanches à guirlandes de fleurs.

103 — Tasse et soucoupe en vieux Sèvres, pâte tendre, bleu turquoise, à guirlandes rehaussées d'or, médaillons à fleurs et fruits.

104 — Tasse et soucoupe en vieux Sèvres, pâte tendre, décor bleu turquoise à rehauts d'or et bandes blanches à vases de fleurs et ornements.

105 — Assiette de Chantilly, décor bleu aux armes de France.

106 — Dix assiettes en vieux Japon, décor polychrome.

107 — Huit plats en émail cloisonné du Japon, décor varié.

108 — Deux plateaux en vieux Chine, famille verte ; monture en bronze doré à têtes d'éléphants.

109 — Belle statuette en vieux Saxe : Minerve assise sur son trône.

110 — Cafetière en vieux Japon polychrome, décor à fleurs.

111 — Compotier en vieux Chine, famille rose, à fleurs.

112 — Porte-bouquets du Japon, décor bleu.

113 — Petit vase de Chine, couleur rouge haricot.

SCULPTURES

114 — Très beau buste : *Femme drapée*, en marbre blanc. 1025

115 — Beau groupe en terre cuite : l'Amour désarmé, de Carrier-Belleuse.

116 — Beau groupe en terre cuite : les Frisonnes, de Carrier-Belleuse.

117 — Statuette en terre cuite : la Liseuse, de Carrier-Belleuse.

BRONZES

118 — Jolie pendule en bronze ciselé et doré, forme monument, couronnée des attributs symboliques de la Gloire et de l'Abondance, avec un soleil au milieu de couronnes de laurier. Cadran signé *Merra* ; socle en marbre blanc orné de bronzes dorés. Époque Louis XVI.

119 — Jolie pendule en marbre blanc, très richement ornée de bronzes finement ciselés et dorés, couronnée d'une lyre enguirlandée de fleurs, avec console à griffes de lions et cartouches de laurier s'élevant de chaque côté. Cadran signé *Julien Blin*. Époque Louis XVI.

120 — Pendule de bureau d'aspect architectural, cage en écaille de l'Inde, avec montants, fronton, frise et console en bronze doré, ciselé et repercé. Cadran multiple marquant les heures, les quantièmes et les phases du jour et de la nuit. Signé *Sarrabab Aaros*. Époque Louis XIV.

121 — Cartel en bronze doré, modèle à fleurs et rocailles. Cadran signé *Brulfer*, à Paris. Époque Louis XV.

122 — Écritoire en fer incrusté d'or et d'argent. Époque Louis XV.

123 — Buste de *Racine*, en bronze. Édition de Barbedienne.

124 — Paire de très grands et beaux candélabres à statues de satyre et de faunesse en bronze, d'après Clodion, portant des bouquets à six lumières en bronze ciselé et doré, représentant des rinceaux feuillagés avec carquois à couronnes de fleurs; sur socles en marbre, ornés de bas-reliefs sujets mythologiques, en bronze doré. Style Louis XVI.

125 — Paire de très beaux et grands bras d'applique à trois lumières, modèle palmiers contournés et rocailles fleuronnés. Style Louis XV.

126 — Buste grandeur nature de la reine Marie-Antoinette en costume de cour; patine brune.

127 — Paire de magnifiques vases en marbre fleuri, de forme élégante, avec riches montures en bronze doré, de style Louis XV.

128 — Joli cartel rond en bronze doré, suspendu à un nœud de rubans et orné de gerbes de laurier. Style Louis XVI.

129 — Paire de bras d'applique à deux lumières, modèle cariatides de sirènes dont les bras se terminent en rinceaux feuillagés. Style Louis XVI.

130 — Beau groupe en bronze : les Nymphes chasseresses ; socle en bronze doré.

131 — Paire de candélabres formés de statuettes de Renommées en bronze, portant des lampes romaines à quatre lumières, sur socles en marbre rouge griotte montés en bronze doré. Époque Empire.

132 — Belle écritoire en marbre bleu turquin, avec statuette de Minerve, godets, sonnette et monture en bronze doré. Style Louis XVI.

133 — Paire de candélabres en marbre bleu turquin, forme vases, montés en bronze doré, avec bouquets à trois lumières. Style Louis XVI.

134 — Deux petits vases en marbre fleuri d'Égypte, monture en bronze ciselé et doré. Style Louis XVI.

135 — Statuette en bronze : Vénus à l'écrevisse ; patine brune.

136 — Paire de petits candélabres en bronze doré : Enfants portant deux bras de lumières, modèle de Clodion.

137 — Paire de petits vases en marbre blanc, montés en bronze doré. Style Louis XVI.

138 — Pendule Louis XIV, en écaille noire, ornée de bronzes dorés et d'un bas-relief sur le devant.

139 — Deux candélabres Louis XIV, formés par des enfants en bronze, portant des bouquets à trois lumières, en bronze doré.

140 — Pendule Louis XVI, en marbre blanc et bronze doré.

141 — Deux vases en marbre blanc montés en bronze doré, ornés de médaillons, formant candélabres à trois lumières. Louis XVI.

142 — Paire de chenets en bronze doré, représentant des enfants sur des rinceaux. Style Louis XV.

143 — Paire de grands chenets en bronze doré, modèle vases et guirlandes. Style Louis XVI.

144 — Paire de flambeaux en bronze doré. Style Louis XVI.

145 — Deux groupes équestres en bronze : *Mercure* et *Renommée*, sur socles en bronze doré à rocailles.

146 — Statuette d'*Apollon* debout, en bronze, sur socle en marbre rouge antique.

147 — Deux statuettes : *Voltaire* et *Rousseau*, bronzes, sur socles en marbre.

148 — Paire d'appliques en bronze, à une lumière. Époque Louis XIV.

149 — Coupe-jardinière en marbre fleur de pêcher, ornée de bronze doré.

150 — Jardinière en vieux céladon vert, montée en bronze doré.

151 — Deux porte-bouquets formés de poissons de Chine, monture à rocailles en bronze doré.

152 — Petite pendule en bronze doré, avec cadran en argent émaillé. XVIe siècle.

CUIVRES, FERS, OBJETS DIVERS

153 — Très joli coffret à bijoux, à dos bombé, formant tirelire et s'ouvrant à secret, tout en cui-

vre finement reperçé et ciselé; dessin rappelant les plus jolies compositions raphaélesques. XVIe siècle.

154 — Croix processionnelle en cuivre repoussé et doré, offrant d'un côté le Christ en croix, le Père éternel, saint Jean, la Vierge et saint Michel. De l'autre côté, un évêque, un ange en prière, et les symboles de la Passion. Travail du XVe siècle.

155 — Croix en cuivre avec sujet symbolique sur les deux faces, XVe siècle; intéressante par son caractère.

156 — Cariatide d'enfant en cuir repoussé, très haut-relief, ronde-bosse. XVIe siècle.

157 — Quatre appliques en bois sculpté, forme nœuds de rubans et médaillons, personnages encadrés de guirlandes de laurier. Époque Louis XVI.

158 — Trois plats en cuivre repoussé, avec sujets en relief au centre. Travail flamand. XVIe siècle.

159 à 161 — Trois beaux devants de coffres en bois sculpté. XVIe siècle. (Sera divisé.)

162 — Trois petits panneaux en bois sculpté, décor à ogives et armoiries. xve siècle.

163 — Coffret en fer gravé, avec serrure compliquée du xvie siècle.

164 — Petite commode, ancienne, de poupée, en marqueterie de bois.

165 — Coffret en écaille et ivoire gravé. Époque Louis XIII.

166 — Coffret en fer gravé, avec serrure compliquée. xvie siècle.

167 — Verre gravé : sujet allégorique à l'Amitié. Époque Empire.

ÉMAUX DE LIMOGES

168 — Grande plaque en émail de Limoges : Portrait d'*Andrea del Sarto*, peinture en grisaille. Cadre en bois noir guilloché.

169 — Deux jolies assiettes en émail de Limoges, représentant au centre : Ève offrant la pomme à

Adam et Adam et Ève chassés du Paradis. Bordure à figures de petits centaures et ornements avec cartouches portant inscription : *Genèse III 1560 PR.* Au revers, elles offrent des bustes de personnages casqués, sur cartouches à enroulements, et des dragons courant sur le bord. Œuvres de Pierre Raymond.

MINIATURES

170-171 — Deux très importantes miniatures représentant des scènes de *la Henriade*, par **Rieg.**

Il s'éloigne, il revient, il part désespéré, il part... (*Henriade*, chant Ier.)

Admirable composition où est représenté dans un médaillon encadré de fleurs de palmes de laurier et de l'ordre du Saint-Esprit, le roi Henri IV quittant Gabrielle d'Estrée sous les yeux de l'Amour et accompagné d'un soldat en armure, dans le parc du château d'Ormesson, qu'il avait offert à sa belle maîtresse. Le médaillon est couronné par une figure de Renommée et un groupe d'amours dans les nuages. A droite, se dessine un choc de cavalerie ; à gauche, une armée en marche avec vue de camp en perspective ; sur le devant, un groupe allégorique de la France drapée dans son manteau fleurdelisé, représentée sous les traits de la Reine, avec personnages tenant un masque et une torche. Autour, des attributs guerriers et des symboles d'abondance. Le médaillon est soutenu par une Minerve portant le drapeau royal et un lion couché près des étendards fleurdelisés. Le cadre est orné de l'écusson royal au fronton; on lit en bas, dans un cartouche : *Il s'arrache de ses bras pour voler à la gloire. Offrande au roi, 1777.*

Cette superbe miniature, d'une importance exceptionnelle, est signée à gauche *Rieg* et datée **1777**.

— *Qu'avez-vous à répondre? Eh bien, eh bien? Répondez donc, vous paraissez interdit.*

(Dernière scène de *la Partie de chasse.*)

Dans un médaillon, le roi Henri IV en présence de nombreux paysans, chez Michaud, s'adresse à Conchiny. A droite, on voit un charmant paysage avec moulin et ponts, animé de personnages et d'animaux. A gauche, se dessine une chasse à courre ; sur le devant, des amours symbolisent les sciences et les arts, couronnant de fleurs un écusson au chiffre du roi. Sur le cartouche du cadre on lit : *A son noble et vaillant écuyer, il sut unir la vertueuse beauté. Offrande au roi, 1777.*

Elle est signée en bas, à droite, *Rieg*, et datée 1777. Au revers du cadre, on lit : *Rieg, 1777, la grande partie de chasse. Henri IV chez le meunier Michaud. Les conséquences de cette entrevue.* Rien ne peut donner une idée de ces deux chefs-d'œuvre formant pendants, qui ont été présentés au roi Louis XVI à l'occasion de sa fête. Ils sont tous les deux d'une grande richesse de détail, d'une belle conservation et uniques dans leur genre. (Ils proviennent de la galerie du prince de Condé.)

172 — Miniature rectangulaire représentant : le Modèle pudique. Charmante scène d'intérieur d'atelier. Style Louis XVI.

173 — Miniature rectangulaire : Portrait de femme à costume décolleté, coiffée d'un chapeau de paille et portant une corbeille de fleurs.

174 — Jolie miniature ovale : Portrait de Mlle *de La Cossette*, en élégant costume à corsage décolleté orné d'un bouquet de fleurs, chevelure blonde et bouclée, avec chapeau à bords relevés.

175 — Miniature ovale : Portrait de femme à grand chapeau, d'après Reynolds.

176 — Jolie miniature ovale : Portrait de Lady Stenhop en robe de mousseline blanche, avec chevelure noire et bouclée ornée de perles.

177 — Miniature rectangulaire, représentant les *Soins mérités*, petite scène de style Louis XVI.

178 — Miniature ovale : Portrait de Mlle Duquesnay, en costume de théâtre.

179 — Grande miniature rectangulaire : joli portrait de jeune femme en robe rouge à corsage décolleté, chevelure noire avec boucles ondulant sur les épaules. Signé des monogrammes C. H.

180 — Miniature ronde : Portrait de Saint-Just.

181 — Très belle miniature ronde sur ivoire : Portrait de grande dame de la cour de Marie-Antoinette, représentée assise dans un parc, en élégant costume décolleté, avec fichu de dentelle gracieusement jeté sur les épaules, écharpe bleue autour de la taille, coiffure haute et frisée à boucles ondulant sur le cou. Attribué à *Heinsius*.

182 — Belle miniature ronde sur ivoire : Portrait de l'Impératrice Joséphine en costume de cour. Signée du monogramme D. Attribuée à Dubourg.

183 — Miniature ovale sur ivoire : Portrait de jeune femme en costume de la Révolution, vue de profil.

184 — Jolie miniature sur ivoire, peinture en grisaille : Portrait de *Mirabeau*.

185 — Jolie miniature ovale sur ivoire : Portrait de jeune femme en robe blanche premier Empire, coiffée à la Titus. Dans un écrin.

186 — Deux miniatures ovales montées en forme de plaques de ceinture, représentant des scènes enfantines. Époque fin Louis XVI.

187 — Miniature ovale : Portrait de femme en peplum avec écharpe bleue, chevelure blonde et frisée avec ruban. Signée *Nasté*. Dans un écrin.

188 — Miniature ronde sur ivoire : Portrait de femme en robe bleue à fichu Marie-Antoinette, coiffure haute et bouclée. Époque Louis XVI.

189 — Grande miniature ovale : Pygmalion et Galathée.

190 — Miniature rectangulaire : la Femme au petit chien. Style Louis XVI.

191 — Miniature ovale : Jeune Femme assise dans un salon, regardant un tableau.

192 — Miniature rectangulaire : Vue de la Place Saint-Marc, animée d'une multitude de petites figures.

193 — Miniature ovale : Portrait de femme jouant avec une colombe.

194 — Miniature ronde : Portrait du petit roi de Rome.

195 — Miniature ovale : Portrait de femme en robe rose avec coiffure à panache. Style Louis XVI.

ARGENTERIE

196 — Vase avec couvercle en argent repoussé, offrant au pourtour en haut-relief une Bacchanale. Époque Louis XVI.

197 — Deux plats oblongs et creux en argent.

198 — Deux plats ronds en argent.

199 — Saucière en argent.

200 — Petite coupe à déguster, en argent repoussé, décor à fleurs. Style Louis XIII.

201 — Moutardier et deux salières en argent. Époque Louis XVI.

202 — Paire de flambeaux en argent à bordures ornementées. Époque Louis XIV.

203 — Paire de flambeaux en argent, bordure unie. Époque Louis XIV.

204 — Huilier en argent, forme bateau. Époque Louis XVI.

205 — Beau hanap en argent repoussé, décor à fleurs et rocailles. Époque Louis XIV.

206 — Deux couverts en argent, composés de six pièces gravées et ciselées. Époque Louis XIV.

207 — Paire de petites appliques à trois lumières, en argent repoussé et ciselé. Époque Louis XVI.

208 — Coupe à déguster en argent repoussé et gravé, avec groupe de petit Bacchus et enfant au fond. Époque Louis XIV.

209 — Plaquette dorée à l'effigie de : Fran. Lomellin. David. F. Et. B. Card. Fr. Act. An. Époque Louis XV.

210 — Quatre curieuses appliques en argent, offrant en haut-relief des bustes d'évêques. XVIe siècle.

211 — Sucrier ovale avec couvercle, décor à écussons et guirlandes de fleurs ralliés à des consoles en argent. Époque Louis XVI.

BIJOUX, DIAMANTS, BOITES

OBJETS DE VITRINE

212 — Paire de boutons d'oreilles, composés, chacun, d'un très gros brillant solitaire.

213 — Paire de boutons d'oreilles à vis, montés, chacun, d'un brillant.

214 — Jolie broche, forme croix, montée de cinq rubis, six brillants, cinquante-quatre roses.

215 — Bague montée de sept brillants et six petites roses.

216 — Bague montée d'un brillant.

217 — Bague montée d'une turquoise et dix-huit brillants.

218 — Bague montée d'un rubis et six brillants.

219 — Bague montée de trois rubis et deux brillants.

220 — Bague, deux corps, montée de deux brillants.

221 — Bracelet fer à cheval en or, monté de six perles roses, dix-neuf perles grises et blanches, cinquante-huit brillants et de petites roses.

222 — Bracelet style oriental, en argent, monté de perles, demi-perles et pierres de couleur.

223 — Broche, trois hirondelles, en roses.

224 — Paire de boutons d'oreilles, avec pendeloques en roses.

225 — Paire de pendants d'oreilles en topazes.

226 — Broche et deux boutons de manchettes en or, montés de corail et de roses.

227 — Paire de boutons de manchettes, décor à fleurs en roses et pierres de couleur.

228 — Petit flacon, monture en or ciselé, style Louis XVI, ornée de grenats.

229 — Jolie montre de dame en or, petit modèle, boite de chasse.

230 — Magnifique tabatière en or ciselé; le couvercle, enrichi d'un bouquet de fleurs et feuillages, composé de deux gros brillants, six brillants moyens, quantité de petits brillants et roses, et sept pierres de couleur.

231 — Tabatière en or ciselé; le couvercle richement garni de roses.

232 — Porte-cigarettes en or émaillé, enrichi de caractères orientaux et d'ornements en roses.

233 — Porte-allumettes en or émaillé, enrichi de caractères orientaux en roses.

234 — Bout de pipe en ambre taillé à côtes, avec viroles en or émaillé, enrichi de quarante-cinq brillants.

235 — Bout de pipe en ambre, avec partie en or, enrichie de brillants, de roses et de strass.

236 — Très précieux bas-relief sur ivoire, de forme

rectangulaire, offrant, dans diverses attitudes et groupées, toutes les principales divinités de l'Inde. Travail d'une délicatesse remarquable et ancien.

237 — Charmant petit miroir octogone biseauté, monté en jade blanc, richement orné d'incrustations de rubis et d'émeraudes cabochons sertis d'or. Travail ancien de l'Inde.

238 — Belle montre à double boitier en or émaillé, représentant Esther devant Assuérus ; bordure à herborisations, custode en galuchat. Époque Louis XV.

239 — Tabatière rectangulaire en or guilloché. Époque Louis XVI.

240 — Étui en écaille, monté en or.

241 — Étui en ivoire finement sculpté à jour. Époque Louis XVI.

242 — Bague mi-jonc or, enrichie de turquoises.

243 — Deux fermoirs de livre en argent. Époque Louis XV.

244 — Bonbonnière en écaille blonde, avec couvercle à fond bleu, orné d'une miniature : Portrait de jeune femme, tenant une guirlande de roses. Époque Louis XVI.

245 — Bonbonnière, forme fleur, en laque, décor du Japon.

246 — Divinité chinoise en bois sculpté. Travail ancien.

247 — Tabatière en or ciselé et de couleur, décor lyre et griffon sur le couvercle. Époque Empire.

248 — Boite ovale à charnières, en or ciselé et gravé. Époque Louis XVI.

249 — Bonbonnière en or ciselé et gravé. Époque Louis XVI.

250 — Petit nécessaire de dame avec ses ustensiles, forme de livre, en galuchat ; monture à rocailles ornée d'émaux. Époque Louis XV.

251 — Jolie boîte ovale en or émaillé gros bleu, avec médaillon et bordure à fleurs en or ciselé et de couleur, feuillages émaillés vert. Époque Louis XVI.

252 — Joli étui en or émaillé, fond bleu moiré, à petits dessins quadrillés et médaillons entourés de demi-perles. Époque Louis XVI.

253 — Jolie boite ovale en or guilloché, pourtour émaillé gros bleu, avec guirlandes et nœuds de rubans en couleur, bordure à feuillages émaillés, enrichie de demi-perles, offrant sur le couvercle un émail représentant une Offrande à l'Amour. Époque Louis XVI.

254 — Étui émaillé, forme poisson. XVIIIe siècle.

255 — Boite ovale en émail gros bleu, avec fleurs détachées en réserve, or et émaux de couleur. Époque Louis XVI.

256 — Boite en cuivre repoussé et doré, décor à sujets champêtres et rocailles. Époque Louis XV.

257 — Boite carrée en ancien émail de Saxe fond blanc, décor à branchages feuillagés, avec perroquet et écureuil en émaux de couleur et rehaussés d'or ; monture en argent. Époque Louis XVI.

258 — Bonbonnière en écaille blonde, ornée sur le couvercle d'un bas-relief en ivoire : Flore et les amours dans son char. Époque Louis XVI.

259 — Bonbonnière ronde en écaille noire, ornée sur le couvercle d'un sujet mythologique en ivoire sculpté.

260 — Bonbonnière en cuivre guilloché et doré, avec miniature : Portrait de bergère, sur le couvercle. Époque Louis XVI.

261 — Boite ovale en cuivre gravé et doré avec émail fond bleu, à sujet champêtre sur le couvercle. Époque Louis XVI.

262 — Bonbonnière ronde en écaille posée d'or et d'argent, avec miniature : Portrait de femme, sur le couvercle. Époque Empire.

263 — Étui de nécessaire en galuchat.

264 — Deux plaques de ceinture en émail, à sujets galants ; monture argent. Époque fin Louis XVI.

265 — Triptyque gréco-russe en cuivre émaillé par parties. XVIe siècle.

266 — Plaquette ronde en bronze doré, représentant le Jugement de Pâris. XVIe siècle.

267 — Ombilic en cuivre ciselé et doré, représentant un combat de cavaliers. XVIe siècle.

268 — Boite plate en émail de Saxe, décor fond bleu, à quadrillés blancs, non montée. Époque Louis XVI.

269 — Bonbonnière en ivoire avec miniature en grisaille : Offrande au dieu Pan.

270 — Bonbonnière en ivoire avec miniature : l'Escarpolette.

271 — Deux cache-peignes formés d'anciennes jolies boucles de souliers en améthystes et stras ; montures en or et argent.

272 — Deux boucles en grenats, montures bas or anciennes.

273 — Grande croix normande en stras, monture or.

274 — Paire de boucles d'oreilles, forme girandoles, en or, grenats et perles fines.

275 — Demi-parure du temps de Louis XVI en or filigrané et émaux, enrichie de perles fines.

276 — Montre plate, boite en or émaillé à fleurs et oiseaux en couleurs, cuvette or ; enrichie de 140 demi-perles.

277 — Petite montre de dame en or, mouvement et remontoir de Leroy.

LIVRES, MANUSCRITS

278 — Précieuse collection de manuscrits en Pali, provenant de la bibliothèque sacrée du roi Thebau de la Birmanie. Elle se compose d'un livre écrit sur cuivre, de cinq écrits sur tissu de soie de la robe royale et trois écrits sur feuilles de palmier.

Ces manuscrits sont composés par planches, décor fond d'or, avec reliures enrichies de fort curieux dessins. Intéressants par leur ancienneté, leur conservation et leur excessive rareté.

279 — Œuvre de Dusommerard, 3 gros volumes de figures et 5 de texte: le tout richement relié en demi-reliure de maroquin rouge.

280 — Bartsch, 21 volumes non rognés, avec supplément de Weigel. Édition antique.

281 — Heures de la Vierge gothiques, de Thilman Kerver, 1520, en vélin; très belle conservation.

282 — Robert Dumesnil, 9 volumes non rognés, avec demi-reliure en maroquin, et le supplément de Baudicour, 2 volumes en condition identique.

283 — Theseus de Coulongne, 1 volume rare de chevalerie, relié par Bauzonnet en plein maroquin bleu.

284 — Discours sur les médailles, par Antoine Despois. Paris, Mamert Patisson, 1579. Avec le beau portrait de Woeriot, ce volume complet de toutes les gravures et richement relié en plein maroquin, porte l'*ex-libris* de la bibliothèque de Nodier.

285 — *Il Cavallo frenato di Ferraro.* Venise, 1620; avec beaucoup de modèles de mors.

286 — Montesquieu, 4 beaux petits volumes non rognés. Genève, 1777.

287 — Boccaccio, *Labirinto d'amore.* Firenze, 1516; richement relié.

288 — *Il Teatro alla moda.* Petit livre satyrique de Marcello. Édition ancienne et rare.

289 — Les Prôneurs ou le Tartuffe littéraire, comédie en trois actes, de Dorat. Paris, Delalain, 1777; volume non rogné et reliure originale.

290 — *La Cassaria,* comédie de Ariosto, 1520; bien relié.

291 — Œuvres diverses : le Consulat et l'Empire, de Thiers; le Dictionnaire de la conversation, etc.

GRAVURES

292 — La Fin de la journée, d'après J. F. Millet. Gravure à l'eau-forte.

293 — Le Retour des champs. Gravure d'après Fattein.

294 — Objets non catalogués.

www.ingramcontent.com/pod-product-compliance
Ingram Content Group UK Ltd.
Pitfield, Milton Keynes, MK11 3LW, UK
UKHW020433180726
13839UKWH00003B/1478